JN115200

夜明けのとき

まえがき

この度、第一作「坊ちゃん」出版に続き第二作目「夜明けのとき」が
「坊ちゃん」のつづき編として、出版の運びとなりました。
これは、皆様からの熱心な出版要望があったからのことで
身の引き締まる思いでいます。

今回の「夜明けのとき」は、坊ちゃんの物語に現れた夢の花の「語り」が
主流になっています。幸せに生きるための感謝の心を、
おじいさんと夢の花は、あらためて考え、学ぶのです。
自利から利他への気付きです。

出版に際しましては沢山の皆さまからのご厚意、ご助力を頂き
ありがたく感謝しております。「坊ちゃん」同様、「夜明けのとき」も
末長く読み続けて頂ければ、幸いと思っています。
また、中川宏治先生には前回と同様、感想文をいただき
応援して下さいましたことを、深く感謝しております。

今後も、読者の皆さまとご一緒に、平和を心に描きながら
夢を膨らませていきたいと願っています。

この紙面をお借りして皆さまから頂いた執筆中の、
ご配慮に、感謝を申し上げます。

最後にイラストを引き受けて下さいました観音院安念千尋さまの、
ご協力に深くお礼を申し上げます。
難しいテーマのひとつひとつを、丁寧に描いて下さったご苦労を
心から感謝申しております。

夜明けのとき

青い空　ふんわりマシュマロの雲が　駆け足で通り過ぎます
丘では　おじさんの白いシャツが風になびいています

おじさんは毎日小さな畑で作業をしたり
　山羊の乳をしぼったりして
暮らしていました　しかし近ごろのおじいさん
　長い一人暮らしに退屈している様子で
　　　　ため息をつくことが多くなりました

止め金のゆるんだメガネが鼻からずり落ちそうなことも
　気になりません
おじさんは　わくわく　どきどき　することを
　　いつの頃からか忘れてしまったのです

いたずらで、ちょっとひょうきんな風は
しぶ顔の樫の木とたわむれています
今日のような日には、
いつものことですが丘にお客がやって来るのです
黄色いフリルの帽子が自慢のタンポポや　お喋りなレンゲ草も
遠くから風に誘われてやってきたのです
今日、空中に舞っているのは　どうやら風船のようです

よく見ると・・風船から下がる細いヒモの先に
小さな坊ちゃんがぶら下がっているではありませんか
坊ちゃんは、あたりを　キョロ・・キョロ・・
着地する場所を探しているようです
やがて風船は、大きく一回転して丘の中腹にたどり着きました

坊ちゃんの風船は、丸くて・赤くて・・そして扉がついています
無事着地した坊ちゃんは嬉しそう
デコボコ石に風船のヒモをくくりつけ
不思議な扉をあけて中に入っていったのです
ゴトゴト　　ゴトゴト・・
中から音が聞こえてきました
その様子を見ていたおじいさんは不思議でなりません
「なんだい　あれは？」　　「夢を見ているのだろうか？」
考え込んでしまったおじいさん、もっとしっかりと見ようと思い
風船に近づいていきました。
そして　歩きながら風船に向かって声をかけてみました

「お～い・・・」
「・・・・・」返事はありません
「おまえさんは　誰だね？」

扉の前で、小さな声でたずねましたがやっぱり返事はありません
聞こえないのだろうか？　今度は、すこし大きな声でたずねました
「いったい　そこで　何をしているのだね？」
やっと、おじいさんの声が届いたとみえ坊ちゃんは不機嫌な様子で
扉の外に出てきました
「僕、てっきり一人だと思っていたのに・・・」

それにしても　何で風船に扉がついているのだろう・・・？
　　　よく考えると、おかしなことばかりです
　　　「空気が　もれてしまうだろうに・・・」
　　　おじいさんは、つぶやきました

「可笑しいことを言うんだな・・・なぜ空気がもれるのさ」
　　　坊ちゃんは　クスクス笑いだしました
　　　「大人って　みんな同じことを言うんだね」

　　　　その通りです
　　　大人になったおじいさんは、子供だった頃のことを、
　　　もう長いこと思い出すこともなく過ごしていましたから
　　　　　　自分の風船のことも・・
　　　　　　その風船に扉がついていることも・・
　　　風船の中の自分が見つけた宝物のことなど忘れているのです
　　　おじいさんは、すっかり常識的な大人になっていたのです

　　　　　坊ちゃんは、忙しそうにまた風船に戻り
　　　　何やら、ゴトゴトやりだしました
　　　　おじいさんの頭は、ますますこんがらがっています

そこでもう一度おじいさん、同じことを尋ねました
「おまえさん、そこで何をしているのだね？」

坊ちゃんは 「僕、一度　整理しなくてはと思っていたんだ」と
忙しそうに言いました

「何を整理するのだね・・・」尋ねながら　おじいさんは、
何度も目をこすり　風船の中を　のぞき込みました

よく見ると、風船の内側の壁にいくつかの棚があります
　　　棚には　赤や青、みどり・黄・むらさき・等と、
　　　いっぱいの色のかけらがあって
　　　それが布のようなものや、尖ったもの・・
　　　チカチカしたものなど・・いろいろです
　　　そして、ひとつひとつ奇妙な形をしていました

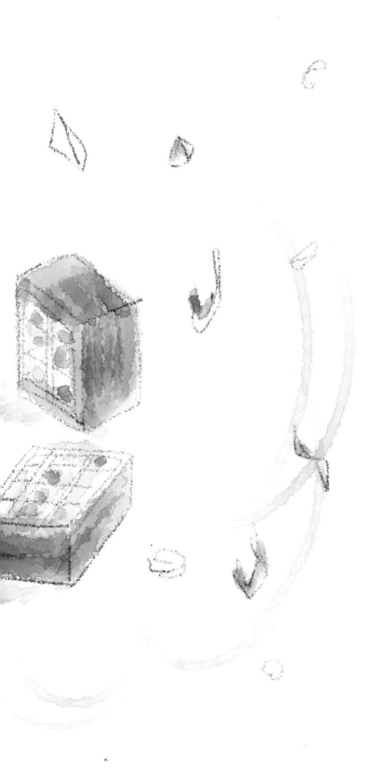

坊ちゃんは、その不思議な形を　ひとつひとつ確かめながら
とても大事そうに　ひとつは　左の下から二番目の棚に
もう一つは　そのすぐ向かいの一番上の棚に・・・
というふうに積み上げているのです

初めて見る出来事におじいさんは、
　　　頬をつねったり　叩いたりしながら見ていましたが、
　　　そのうち　ムズ・ムズ・と・・・込み上がってくる
　　　懐かしい気持ちを押さえることができなくなってきたのです
「何故だろう？　ちっちゃな子供の取り出す不思議な色のかけらに、
いちいち胸が高鳴るのは・・・」

　　　やがて、おじいさんは思いきって尋ねてみました
　　　「もしかして・・そのオレンジ色のかけらは、
　　　日暮れの夕陽じゃあ・・ないかね・・？」
おじいさんは、何だか胸がわくわく嬉しくなってきたのです
それでこのような　とんでもないことを口にしてしまったのです

　　　坊ちゃんの顔が「ぱっ!!」と明るくなりました
「そうなんだ・・このかけらは僕が、ず〜っと小さいとき
波打ちぎわで見つけてきたんだ」
それからです

坊ちゃんはとても打ち解けた様子で説明を始めました
　　　「これは　風鈴の音だよ」
　　　坊ちゃんは、黄色く細長いかけらを見せながら
「まだほかにも　風鈴はあるけど　こいつが一番気に入った音なんだ」
　　　「へぇ・・・これが音かね」
　　おじさんは、のぞき込むようにして黄色いかけらを見つめました

　　　　やっと　坊ちゃんと同じに話しが通じ合うのです
　　　おじいさん、嬉しくて仕方がありません

「この銀色は大鷲が通ったすぐあとの空気の色で
そのとなりの金色に輝いたのは太陽の光の色なんだ」
それはうすっぺらい布のほつれに似た形をしていました

身を乗り出して見つめるおじいさんの胸は
　　　　どきどき・・どきどき・・・

そして　おそるおそる聞きました
　　　「ちょっと　さわってもいいかい？・・・」

「いいとも　・・」
坊ちゃんは、ごそごそ棚から色のかけらをつまみ出し
とても大事そうにおじいさんの手のひらにのせました
金色に輝く不思議なかけらは、
綿のように軽くピラピラしていてとても暖かいのです
　「これは　春の暖かさだね」
「うん。この色を見つけたところで僕、
初めてお日さまが優しいってことがわかったんだ」
　　　　坊ちゃんは、にっこり笑って言いました
それから　両手に持ったいっぱいの色のかけらを見せながら
つぎつぎと話を続けました

おじさんは、楽しくて仕方がありません
もう長いこと　ほこりをかぶっていた子供のころの
驚きや　喜びが　いっぱい甦ってきたのです・・・
　　おじいさん、わくわく・・・うきうき・・・
それらは　遠い昔・・おじいさんが一番大切にしていた宝物でした

きまぐれ風は丘に生える木苺や・い草・羊歯・・など
いろいろ草花をミキサーにかけた大地の匂いを運び
　　　おじいさんの顔をくすぐります

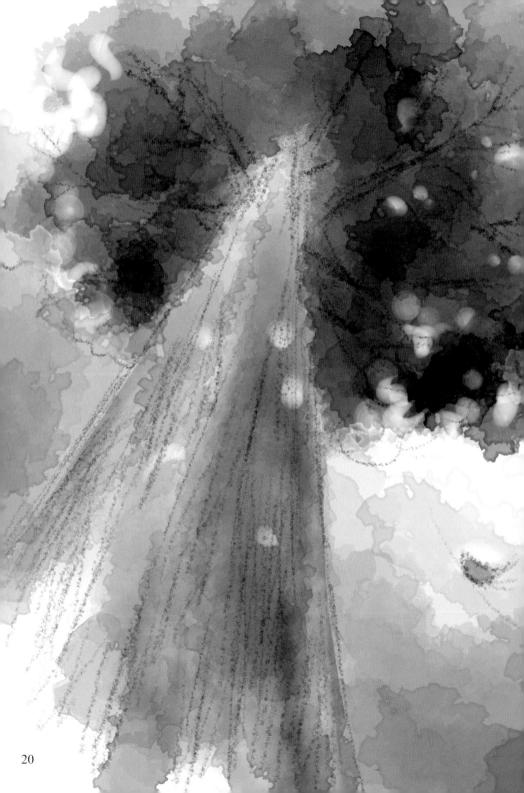

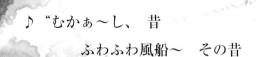

♪ "むかぁ～し、昔

　　ふわふわ風船～　　その昔

　　　　ふんわり一緒に遊んだねぇ～・・・"

心地よい風の誘いに丘の長老

　　　　樫の木がさわさわ歌いだしました

樫の木のテノールは、うっとりするような歌声です

　　歌を聞いているうちに、おじいさん、

　　　なつかしい自分の風船のことを思い出したのです

おどろいたことに　おじいさんが風船の事を思い出すと
坊ちゃんの風船の近くにもうひとつ風船があらわれ
　　それがゆらゆら何とも嬉しそうなのです

　　どうやら　おじいさんの風船のようです
　　その風船にも扉がついていました

でも、あらわれた風船は
昔のキラキラ輝いていた風船の面影がありませんでした

　　　　どき　どき　どき
おじいさんの胸は張り裂けそうです
　　　扉は坊ちゃんの不思議なカギで
　　　何とか開くことができました
　　　キョロ　キョロ　キョロ

風船の中は、思い出の棚のいくつかと　花らしきものがあり
　　　その花らしきものは、つぼみのままの姿で生気がなく
　　　　　　　ぐったりしていました。
それを見た　おじいさんは、
　　　まず　その花らしきものに水をやらねばと
早速、コップを片手に谷間へと出かけていきました

　　　　あかね色の夕焼け空
いよいよお日さまが西の空に消えかかる薄暗いなか
おじいさんは、その日　とうとう戻ってきませんでした

やがて坊ちゃんが　おじいさんの風船を見にやってきました
　　誰もいない風船の中で坊ちゃんは、
　　すっかり生気をうしなっている花を見つけたのです

　　　　　「夢の花だね」

長いこと手入れされていない夢の花は
　　　美しい輝きもなく醜い姿でうずくまっていました

「ああ・・・・わたくしの事を
まだ花だと思ってくれる人がいるなんて・・」
　　　　　　花は悲しい目をふせながら言いました

「どうぞ、わたくしをそんなに見つめないで下さいませ・・
このような姿でお目にかかるなんてあまりにも惨いこと・・」
　　　　それは　夢と希望の美しかった夢の花の変わりはてた姿でした

「辛かったんだね・・・」

やがて夢の花は　からだを小きざみに震わせながら
思い切った様子で坊ちゃんに語りだしたのです

「天空は宇宙につながっていて果てしなく広いのです
わたくし、広々としたところで自分らしく美しい花を咲かせたいと
思っていたものですから・・・とても残念なのです」

「夢の花」の話はこうです
夢の花の星はとても小さく・・・そう・・とても小さくて
すぐ何かにぶつかりそうになるのです

　でも、星は小さくてもここに住んでいる花たちは、
　　　土の中や鉢の中におさまっていなくても
　　　自由に天空に羽ばたくことができるのです
　　　茎の先にある、白いヒゲのような根っ子から
　　　空中でも養分を摂ることができるからです
おかげで自由に空中ダンスを楽しむことができました・・・

しかし・・夢の花は、自分が美しく花を咲かせるには
　　　いまひとつ何かが　足りていないと感じていました。

花たちは日中、
　　　お日さまに向かって花を全開にして、いちばん美しく装い
　　　夕方頃までに、少しずつ　つぼみになって眠ります

ある日　夢の花は、いつものように爽やかな風に身をまかせ
空中を泳いでいると
突然、竜巻の磁力に引っ張られるようにして見知らぬ風船の中に
　　　　　　吸い込まれてしまったのです

「不思議なことって　あるものですねぇ・・・」
風船の中は、部屋のようにも　森のようにもみえ　川があり
　美しい緑の木々や　花が咲いているのです

　　風船は、大きいのか小さいのか最初わかりませんでしたが
　　風船の広さは、どうもわたくしの心の感じ方しだいのようです
　　　わたくしは、まわりの様子で　わたくしなりに
　　　大きなブルーの風船の中にいると感じました

　　　風船の中では、幼い男の子がひとり
　　　忙しそうに・・でも、とても楽しそうに
　　　まだ子供の山羊の世話をしていました

男の子は、わたくしを見つけると最初　不思議そうでしたが
すぐ棚の上にあるコップに差し込んでくれました

わたくしは「ここは何処？」と波動を送ると
男の子は、忙しそうに作業をしながら、わたくしの質問を感じとってくれ
　　ここは地球という星だと波動で返事をしてくれたのです
驚きでした・・・

でも、話しながら夢の花の様子は　とてもうれしそうです・・
　　しかし坊ちゃんは、気の毒そうに言いました

「地球には波動を感じる子供がまれにいても　ほとんどの子供は
　　大人になってしまうと花と会話どころか
　　声すら聞こえなくなるのが普通だから・・・」

「まあ・・・残念ですわ
わたくし地球のことで知りたいことがいっぱいありましたのに・・・」

やがて夢の花は気をとりなおして言いました
わたくしにとって地球での毎日は驚きの連続でした・・・
密閉した風船の内かべを通して一部、外の風景が見えることも
　　そうです　地球は　広々と果てしなく美しい星です

見たこともない花々の絨毯が遠くまで広がっていて
花たちは心地いい風の合唱に身をまかせながら
大きく〜　小さく〜　波を打って・・・それは楽しそうなのです

「風船の中にいながら外の景色をまるで見てきたかのように
語れるなんて・・・　　とても不思議なことと思いません？」

夢の花は、ここで「ゴホン・ゴホン・・・」意味のない咳をして見せ、
さらに坊ちゃんの関心を引こうとしました

可愛い仕草を見せる夢の花に、坊ちゃんは微笑を返して言いました
「それは夢の花の生まれた星と地球の磁場が違うから
現実の視界が変わって見えるからだよ・・・」

「・・・・・？」

「わたくし、あまり難しいこと解りませんけど・・
　　　　もっと単純に言って下さらないと・・・」

「ときどき人って、不思議に思えることを
　　　　難しい理屈で　説明しようとするけど、
わたくし、すべての本当は
　　　　単純なことの中にあると思っているのです・・・」

「わたくしは、ただ美しく自分の花を咲かせたいだけなのです
理屈はいいのです　沢山の人がわたくしを見て
感動し　幸せを感じ癒されてくれたら
　　　　そのことが　わたくしの歓びですもの」

やがて花は、坊ちゃんに精一杯の愛嬌で身をすり寄せながら

「わたくし、気付いたのです・・地球は広々と美しいのですが
　　　　わたくしの自由は、この小さな鉢の中だけということを・・・」

最初のころ　わたくしは、風に身をまかせながら
　仲間の花たちと踊れないのが不満でしたが
　そのうち不満を感じなくなったのです
それに代わる幸せがあったからと思っています

男の子が、優しくわたくしの世話をしてくれるのです
　　　わたくしが美しい花を咲かせるためにと
　　　　　わざわざ遠くへ行って
　　　　　おいしい清水を汲んできてくれたり

ときに可愛いらしい鉢のふかふか柔らかい土の中に
わたくしを移し替えたりして　楽しんでくれるのです

　　　「わたくし地球では、誰かが面倒を見てくれないと
　　　　一人では何もできないのですもの・・・・」

「それに、どの鉢も　わたくしをより美しく引き立ててくれ、
鉢がえのときなど嬉しくていつも　はしゃいでいましたわ」

　　　風船の中では、外界との境の壁があってもないのです
このことも最初のころ不思議でなかなか馴染めませんでした
外の風景の一部が、そっくり　そのまま
風船の世界につながっているので境などないに等しいのです
　　　　　広い・狭い・もありません
風船の中にいても外の雄大な風景がよく見えるのですもの・・

　　　　　わたくし風船の中では、
充分とは言えませんがダンスを楽しむことができました。

　　　ところがある日、
男の子が世話をしていた小やぎが
風船の扉のすき間から外に出ていったのです

　　　小やぎは自由になったと思い丘の原っぱを駆け回り
男の子がつかまえようとする手を振り払っておとなしくしません

やがて小やぎは　ゆうゆうと風船の外で草を食み・・
木陰で居眠りを始めたのです

小やぎを追ってくたびれた男の子も
小やぎと一緒に眠ってしまったのです
どれだけ居眠りしていたのでしょう

男の子の家では　お母さんが夕食を作っていました
お父さんは炉にくべる薪を束ね終わったあとらしく
　　　やぎの乳を搾っています

夢の花は、茜色のお日さまが暮れかかる頃の男の子の

長〜い影を見るのが好きでした

風船の中から　その光景をみながら

夕日に映える大きな黒いシルエットは

男の子の心にある夢の影のように思えたからです・・・

でも　男の子も小やぎも

これを境にそれっきり風船に戻ってきませんでした

ときが過ぎ・・・いったいどれだけ経ったのか・・・

早いのか・・遅いのか・・

時間の流れが分かりませんが風船の外では・・・

あの小さかった小やぎは大きくなり・・

　　孫・・ひ孫と代を重ね　とても楽しそうです

　　飛んだり　跳ねたり　草を食んだり　水を飲んだり・・

　　　もう男の子の世話を必要としません

　　小やぎは、すっかり大人になって代を重ねていたのです

「でも、わたくしは相変わらずコップの中で自由に動くことが
できません・・・」

「それにわたくしを世話してくれる人がもういません

　　　美しい花を咲かせることができなくなるなんて

　　　生きているかいがございませんわ・・

わたくしの本当のよろこびは人を癒し喜ばせることですもの・・・」

「わたくし、この幼い男の子の心に夢や元気のエネルギーを送って

　　　よろこんでもらおうと

　　　精一杯美しく花を咲かせてきましたのに・・・」

　　でも時間は　前へ前へとすすんでいるようです

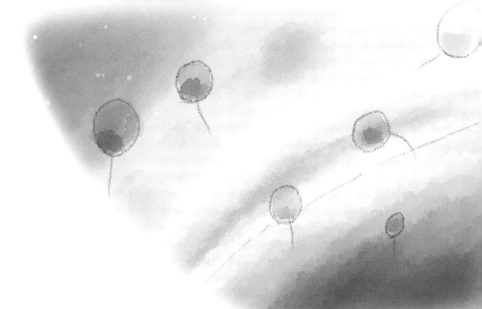

走馬灯のひとこま〜ひとこまは　つかの間のこと・・・
　　　時の過ぎるのを早く感じます

風船の外では　男の子も大人になって
今はすっかりおじいさんです　　もう男の子ではありません
昔の野山を駆け自分の宝物を見つけながら
輝いていた男の子の面影など
みじんも無く可哀そうなくらい
みすぼらしい老人になっていたのです

主のいない風船は　気流に逆らうことも無く　果てしない宇宙に
　　　　ふんわり・・ぷか・ぷか・・・
前に進むわけでもなく　止まっているわけでもなく
　　　　宙に身をまかせ漂っています
それら風船の中におじいさんの風船らしきもみえます

ある日のこと
あなたさまの赤い風船が丘の原っぱに漂着したのをきっかけに
おじいさんは、なつかしい自分の風船のことを思い出したのです

　　　なんと嬉しいことでしょう　これでやっと
　　　おじいさん　わたくしのことを見つけてくれるのです

夢の花は　よろこびが全身に込み上がってくるのを押さえることが
できない様子で　今度は、おじいさんのことを坊ちゃんに
語りはじめたのです

　　　　「うふ・ふ・・・」
　　　夢の花はふくみ笑いをこらえきれず
「おじいさん、最初のころ宙に浮かんでいる弱々しく
　　　艶のうせた風船があまりにみすぼらしく
　　　それが自分の風船だと信じたくなかったのですよ
　　　　　何故って・・風船は鏡のようなもの
　　　正確にその人の心を映して見せるからですわ・・・」

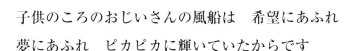

子供のころのおじいさんの風船は　希望にあふれ
夢にあふれ　ピカピカに輝いていたからです

おじいさんが懐かしい風船を思い出すと
突然目の前に　その懐かしい風船が現れたのですから・・
もうびっくり仰天!!

しかもそれが、みすぼらしい風船だったのでなおの事です
おじいさんは、今でもそのことを真面目に不思議がっています。

「うふ・・ふ・ふ・」
　　わたくしのいた星では、
自分の心に描く事や本当の事が
ストレートに、目の前に現れるのは当たり前の事です
何も特別不思議なことでないのですから・・・
　　わたくしは、おじさんの不思議がる様子を
　　いつも滑稽に思って見ていました

　　坊ちゃんに出会ったおじいさんは
早速　自分の風船の扉を開こうとしましたが
　　　なにしろ半世紀以上も前から閉じたまま
放置されていた扉はなかなか開こうとしません

そのとき坊ちゃん、持っている不思議な鍵を扉に差し込んだのです

　　「ギシ・・ギシギシ　ギ〜」と

軋みながら開く扉を見ながら
おじいさんの心はどんなだったでしょう

　　　さらに夢の花の語りは続きます
　　最初、変わり果てたわたくしを見つけてくれたときの、
あなた様のひとしずくの涙を、わたくしは忘れないでしょう

　　　　「ああ・・　可哀想に・・・」

わたくしは、自分を悲しんでくれた、
あなた様のやさしい気持ちがうれしくて
いままでの辛かったこと、悲しかったことが
瞬時に霧となって・・・・・・・・・・・
　　　やがてわたくしの心から消えてしまったのです

　　　この時わたくしは、理屈ぬきで癒され、
　　　　一足飛びで、長い悲しみのときから解放されたのです

つぎの日おじさん、清水を持って
やってきました。

おじいさんは、夢の花を育てようと
一生懸命だった日のことを
あれこれ考えながら
込み上がってくる恥ずかしい気持ちに
耐えている様子です

暫くして坊ちゃんが、朝つゆの
「しずく」が入った小ビンを
持ってやって来ました

それはお日さまの七色に輝く朝つゆの
「しずく」でした
坊ちゃんが朝つゆの「しずく」を
花にかけると・・・
つぼみの先から　うす明るい輝きが
見えてきました

夢の花は、うつくしい姿を取り戻したのです

夢の花のうれしそうな輝きの色はわくわく心おどる
おじいさんの心と同じ色をしていました

「夢の花を咲かさねば・・・」
　　　おじいさんは力強く呟きました
おじいさんの風船は　もうあの貧弱な風船ではありません

いつの頃か　お日さまはすっかり消え
夜空には深いブルーのカーテンがひかれています
大地の匂いの色はとても複雑で
　　言いあらわすのが難しいけど
おじいさんは、
　　その色をとても　大事そうに心の中にしまい込みました

　　　紺碧の青い空、心地いい風が、
　　おじいさんの顔を撫でて通ります
おじさんは、その後もつぎつぎと新しい色のかけらを見つけ
　　わくわく・・どきどき・・・

幸せは遠くでなく近くにあると気付いた　おじいさんは
とっくにそのことを知っている野の花たちと幸せの輝きを放ちあい
よろこび　舞っています

　　おじいさんの幸せの色はまばゆいばかり・・・
　　足元の　草花と一緒に虹色の光の輪を描いています

　　♪「ラン・・ラ・ラ
　　　　　ラン・・ラン・・・」♪・・

夢の花を育てることを思い出したおじいさんは、
　　花につく害虫を追い出したり
　　いらない葉っぱを取りのぞいたり・・
　　　することがいっぱいあって、
　　　もう退屈でため息をつくことがありません

それにおじいさんの、ずり落ちていたメガネは、
きちんと鼻におさまってそよ風と何やら楽しそうです

坊ちゃんの朝つゆによって　蘇った夢の花は、
　　　さらに話をつづけます

「わたくし、誰かの世話がないと一人で生きていけないのに・・・
自分の思いどおりにならないことすべてを、
不自由な地球のせいにしていたのです」

「わたくしが美しい花を咲かせたのは、
わたくし一人の力ではありません
美しい花を咲かせるのは
いろいろのお蔭さまがあって成る事ですもの
わたくしは、思い上がっていたようです・・恥ずかしいことです・・・」

「でも、わたくしには無尽蔵のパワーがあります　これは確かなこと・・・
誰にもゆずれない　確かなことだと思っています」

「わたくし、美しい花は　すべてに"ありがとう"の心で
花を咲かせていると気付いたのです。その感謝の心が"美しい"のです」

「とくに花々との空中ダンスが楽しいのは、花たちがお蔭さまの心で
お互いの個性を認め合っているからですわ・・・」

「今ひとつ、わたくしに何か足りていないと感じていたことが
地球に来てやっと悟（わか）ったのです・・・」

「今、わたくしは自分のダンスの閃光は
以前にもまして美しいと感じています

それは、自分の放つ閃光なのに　まるで夢のようです

それにわたくしは、
　　おじいさんからのエネルギーも取り込んでいるからですわ・・」
毎日、感謝の心がいっぱいで　心の深いところから
　　　　　明るい自信が込み上げてくるのです

　　　　　　月日が過ぎ・・・
　　　　　近ごろおじいさん、
無機質な家の回りを花でいっぱいにしようと思い付いたようです
いろいろ四季の花のことや、育て方のひとり勉強を始めています
「わたくし、何かひとつでも夢中になることを見つけるって
　　とても大事なことのように思っていますのよ

そこから、ラッキーな人生が開けてくるからですわ
若々しく、はつらつと変身したおじいさんを見て
つくづくと思うのです・・・」

広々と丘を覆うおじいさん流のガーデニングは今、
お花の好きな人が集う感動の別世界です
おじいさんは、もう昔の寂しいおじいさんではありません
すっかり、時の人となって見違えるようです

いつしか天空の霧状の雨は、
虹となって七色の輝きを放ち、
それぞれの花たちを際立たせ、それは眩いばかりです

「わたくしの星は、小さかったので、
スケールの大きい地球の美しい光景は夢のようです・・・
わたくし、おじいさんの造った心なごむ花園で、
　　個性豊かな花たちと、
風に揺らいでいるときが楽しくて仕方がありませんの・・

　やっと、わたくしの夢が叶ったのですもの
これ以上の至福の時がないと思っています・・」

夢の花は、うれしそうに目を細め、坊ちゃんに語りました

人は誰もが、美しい花をみて心やすらぎ
　　夢と希望を思い出すのです
花は、役に立っていることが
　　　　うれしくて仕方がないのです

　　朝焼けのときが過ぎ・・・
今日も平和の穏やかな一日が、はじまります・・
　　　マシュマロの雲は、のんびり散歩をしています

青い空には　金色のお日さまが　にっこりと　気持ちがいい
　　　そんな日は、おじいさん
　　　お茶を、楽しみながら
坊ちゃんの幸せの色はどんな色だろうか・・・
など考えているようです

　　でも坊ちゃんの幸せの色　その輝きの深さは、
とても、おじいさんの計り知ることができない世界のようです

それにしても風船に
　ぶら下がって飛んできた
坊ちゃんは　いったい
　　何者だったのでしょう？

坊ちゃんは・・・

　そう・・坊ちゃんは普段、おじいさんの

心の深いところにいながら、

　　静かにおじいさんを見守っている

　　　天使の仮の姿のように思いますが・・・

　おじさん、そのことに気づいていない様子です

おじいさんは、坊ちゃんのことを

　　　　どこかの星から偶然やってきた

　　　　　　　宇宙人と思っているのです

　　　♪「ヒュ～・・・ヒュ～・・・

　　　　　　ヒュル・・ヒュル・・

　　　　　ヒュ～・・ルル・・ルゥン～・・・」♪

風は今日も　やさしく木の葉を揺らしながら唱っています・・・

・・・では夢の花って何者でしょう・・・？
　　　　いい機会です

　　　思い切って教えます

実は・・・・・・夢の花は〝あなた〟なのです

そして物語のおじいさんも〝あなた〟です

見えない　もう一人の〝あなた〟なのです・・・

　　　ルル　ルン

　　　〝夢の花がやってくるゥ〜

　　　　　風に乗ってうれしそう・・・

　　幸せいっぱい　おじいさん〜・・

　　　　ヒュ〜ルル　それで・いいのです〜〟

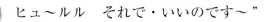

今回もまた坊ちゃんは、見えない世界のふしぎを
視(み)せてくれました・・・

　　♪「ヒュールル・ララ・ラン〜・・

　　　　　ヒュールル・ルウ〜・・・」♪

　　　また　　お目にかかりましょう・・・

『夜明のとき』を読んで

やがて7～8年も前になるが、作者に物語の「あとがき」を頼まれ、
　感想文を書いた事を思い出す。この時も物語を読みながら
　　心に深く迫るものを感じて読んだ。
今回も、その時と感慨は同じで、あらためて、この不思議な物語の
ことを考える。
以前は童話と言うから、てっきり子供向けの本と思って、
あとがきを引き受けたのだが、
実は大人向けの本で、意図とするところは単純でないことを知る。

そのような事から、今回も感想文を頼まれることとなったが、
やはり文体は以前の時と同じで、現実性を避け、散文詩的な
優しい表現で物語をすすめている。
メルヘンを、物語の柱に据えてあるのも作者の考えあっての事なの
であろう。

童話らしく見えているが、その実、ところどころに
童話を超えた手法が使ってあることから、高度の童話
と言うことになる。
物語は、子供のころの純粋な心が、大人になり、少しずつ無くなっ
ていく憂愁を語っている。さりげなく、心の象徴を

風船で表現しているところは、

　　作者の非凡の凄さと思えてならない。

後に作者は、メルヘンを柱に置き、その中に心の世界を差し
込んでいく事が、思っていた以上に難しいと感じ、途中で
何度も諦めようと思ったと語っていた。

読者においては、子供の頃の、全てが新鮮だった心を、
もう一度、自分の人生につなげて考えては、

　　如何だろうか。

　見えてなかったものが、見えてくることがある。
　そのことが幸せな人生のきっかけとなれば
　小生、作者共々この上ない喜びと思っている。

老いも、若きも、問題はない…今からでも遅くはない…
　　この物語は、
忘れてはいけない大切なことを警鐘していると思う。

　　　　　　　自然写真塾主宰　写真家　中 川 宏 治

　　　　　　─みえない世界の考察─

・大乗仏教　　　「般若心経」（色即是空の原理）
・佐々木閑　　　文学博士　仏教哲学教諭「100 分 de 名著」
・谷口雅春　　　「生命の実相」「真理」
・足立育朗　　　「波動の法則」
　　　　　　　　形態波動エネルギーの研究者
　　　　　　　　宇宙の仕組みに触れる

・サン　テグジェペリー　飛行家　冒険家　行動主義作家
・ターシャー　チューダー　園芸家　さし絵画家　絵本作家

付記

心の世界の表現は難しく、見えない世界だけに苦しみました。

悩みながら、上記の書物をあらためて読み返し、

そこで得た信憑性を物語の下地としました。

心が決まると後は書くだけです。

メルヘンをベースにおきながら、

わくわく興味を持って読んで貰えるよう工夫をしました。

明るい光は闇を消し、夢と希望を形に現してくれます。

多くの人の幸せに繋がる明るい心の灯は、

世界を明るくし、まわりの人の人生をも明るくするのです。

平和が扉を開きたがっています
　　　幸せを持って　すぐそこまで来ているのです

　　ともしびを消さずにむかえ入れる準備をしなければ・・・

作者紹介

文　奥山雅子（マーシャ）

２月生まれ　水がめ座　血液型 AB 型　専業主婦

学生の頃から雑誌に懸賞論文やノンフィクションを投稿するほか、童話などを執筆。

趣味は風景写真の撮影。自然写真塾の会員。

現在は、自然写真塾のサロンとなっている喫茶店「より道」で接客ボランティアをしている。

著書に本書の前身『坊ちゃん』（2012 年刊）がある。

絵　安念千尋（あんねん ちじゅん）

10月生まれ　さそり座　血液型 A 型

金沢市観音町３丁目にあり、「四万六千日」で知られる長谷山観音院の坊守。23歳で得度し、仏の道に入る。現在は二人の男の子の母親としてお寺を守っている。

小さい頃から絵を描くことが好きで風景画から人物画、イラストや仏画を描く。今は自坊にてイラスト御朱印を描き、人気を集め、余暇には聖人たちの言葉がもつ哲学的な意味を探って楽しんでいる。

夜明けのとき

2022(令和4)年5月20日　第1版第1刷

著　者　奥山雅子

発　行　北國新聞社出版局
　　　　〒920-8588
　　　　金沢市南町2番1号
　　　　TEL 076-260-3587（出版局）
　　　　FAX 076-260-3423
　　　　メール syuppan@hokkoku.co.jp